SUCCESSION ROBERTS

TABLEAUX

ANCIENS ET MODERNES

AQUARELLES — GOUACHES — PASTELS

GRAVURES

OBJETS D'ART

ET

D'AMEUBLEMENT

HONOR
IN ARTE
IMPRIMERIE DE L'ART

CATALOGUE

DES

TABLEAUX

ANCIENS ET MODERNES

AQUARELLES, GOUACHES, PASTELS

Par :

BONINGTON, COLSON, F. FRANCK, Mlle M. GÉRARD, GRIMOUX
HOGARTH, LACROIX, C. LEFÈVRE, P. MARTIN, PANINI, PLASSAN, SAUVAGE, DE WIT, ETC., ETC.

ŒUVRES DE A. H. ET J. ROBERTS

GRAVURES

OBJETS D'ART ET D'AMEUBLEMENT

FAIENCES ET PORCELAINES

TAPIS

Composant la Succession ROBERTS

ET DONT LA VENTE AURA LIEU A PARIS

HOTEL DROUOT, SALLE N° 1

LES LUNDI 24, MARDI 25 ET MERCREDI 26 FÉVRIER 1913

à deux heures

ET

3, AVENUE DE TOURVILLE

LE VENDREDI 28 FÉVRIER 1913

à 2 heures 1/2

COMMISSAIRES-PRISEURS

Me H. MAUGER   Me F. LAIR-DUBREUIL
13, rue de Douai   6, rue Favart

EXPERTS

Pour les Objets d'art :   *Pour les Tableaux :*   *Pour les Gravures :*

MM. MANNHEIM   **M. J. FÉRAL**   **M. Loys DELTEIL**
7, rue Saint-Georges   7, rue Saint-Georges   2, rue des Beaux-Arts

---

EXPOSITION PUBLIQUE

Le Dimanche 23 Février 1913, de 1 h. 1/2 à 6 heures

Les Objets d'art et d'ameublement font l'objet d'un Catalogue spécial

CONDITIONS DE LA VENTE

Elle sera faite au comptant.

Les adjudicataires paieront *dix pour cent* en sus du prix d'adjudication.

Paris. — Imp. de l'Art, Ch. BERGER, 41, rue de la Victoire.

ORDRE DES VACATIONS

Le Lundi 24 Février 1913

CATALOGUE SPÉCIAL DES OBJETS D'ART

Le Mardi 25 Février 1913

Le Mercredi 26 Février 1913

Le Vendredi 28 Février 1913, à 2 heures 1/2

**Cette Boiserie sera vendue sur place, 3, Avenue
de Tourville.**

DÉSIGNATION

AQUARELLES, DESSINS
GOUACHES, PASTELS

BONINGTON (R.-P.)

1 — *Bateaux de pêche par un temps calme.*   *320*
   Dessin au lavis de sépia.

CLOUET (École des)

2 — *Portrait de Henri II.*   *800*
   Miniature sur parchemin.

ÉCOLE ANGLAISE

3 à 6 — *Quatre Portraits.*
   D'après LAWRENCE, HOPPNER et autres.
   Aquarelles gouachées.

ÉCOLE FRANÇAISE (XVIIIᵉ siècle)

7 — *Jeune Femme assise dans un intérieur.*   *9.000*
   Dessin au lavis d'encre de Chine rehaussé d'aqua-
   relle.
   Cadre en bois sculpté, du temps de Louis XVI.   *Encd.*

ÉCOLE FRANÇAISE (xviiiᵉ siècle)

8 — *Jeune Femme en travesti.*

> Pastel.
> On lit à gauche : Mlle *Alexandre en 1785.*

ÉCOLE FRANÇAISE (xviiiᵉ siècle)

9 — *Moines en prières.*

> Gouache.

ÉCOLE FRANÇAISE (xviiiᵉ siècle)

10 — *Femme assise dans un intérieur.*

> Dessin au lavis d'encre de Chine.

11 — Sous ce numéro, qui sera divisé, seront vendus des aquarelles, dessins et pastels non catalogués.

TABLEAUX

ANCIENS ET MODERNES

BELLIER (Jean-François)

12 — *Portrait d'un Gentilhomme en habit rouge.*
    Signé et daté : 1779.

BONINGTON (R.-P.)

13 — *L'Enfant du pêcheur.*
    Étude.

BREUGHEL (École des)

14 à 17 — *Les Quatre Saisons.*
    Suite de quatre tableaux.

BRUYN (Attribué à Barthélémy de)

18 — *Les Donateurs.*

CHARDIN (Attribué à J.-B.)

19 — *Broc de Delft et compotier de fruits.*

COLSON (François-Gille)

20 — *Portrait du Duc de Bouillon.*
    On lit, en haut à droite : *Le Duc de Bouillon, 1775.*

CURZON (A. DE)

21 — *Paysage des environs de Rome.*
Signé à droite.

DAVID (École de)

22 — *Sujet tiré de l'Histoire romaine.*

ÉCOLE ALLEMANDE (XVIe siècle)

23 — *Un Triptyque.*
A gauche, l'Annonciation ; au centre, la Nativité ; à droite, la Présentation au Temple.

ÉCOLE ALLEMANDE (XVIe siècle)

24 — *La Mise au tombeau.*

25 — *La Résurrection.*
Deux grands panneaux peints sur les deux faces.

ÉCOLE ANGLAISE (XVIIIe siècle)

26 — *Portrait d'un Officier.*

ÉCOLE ANGLAISE (Commencement du XIXe siècle)

27 — *Buste d'homme.*
Cadre en bois sculpté, du temps de Louis XVI.

ÉCOLE ANGLAISE

28 — *Bateaux de pêche échoués sur la grève.*

ÉCOLE FLAMANDE (XVIIe siècle)

29 — *Fleurs dans un vase de cuivre.*

190

ÉCOLE FRANÇAISE (XVIIe siècle)

30 — *Scène du temps de Louis XIV.*
Etude.

ÉCOLE ITALIENNE

31 — *La Vierge, l'Enfant Jésus et saint Joseph.*

240

FRANCK (FRANÇOIS)

32 — *L'Assomption de la Vierge.*
Cadre en bois sculpté.

250

GÉRARD (Mlle MARGUERITE)

33 — *Le Chien savant.*

950.-

GRIMOUX (JEAN-ALEXIS)

34 — *La Jeune Femme au toquet rouge.*
Cadre en bois sculpté, du temps de la Régence.

1.000.-

HOGARTH (GUILLAUME)

35 — *Le Vieil Artiste.*
Signé à gauche et daté : 1760.

550.

LACROIX (DE MARSEILLE)

36 — *Pêcheurs au bord de la mer.*

700.

LEFÈVRE (Claude)

180.   37 — *Portrait d'Homme couvert d'un manteau bleu.*

MACHY (Attribué à de)

330.   38 — *Vue de Rome.*

MARTIN (Pierre)

172   39 — *Carrosse escorté de cavaliers dans un paysage montagneux.*

MORALÈS (Attribué à)

270.   40 — *Le Christ au roseau.*
Cadre en bois sculpté, du temps de Louis XIV.

MOREAU (Attribué à Louis)

480.   41 — *Vue des cascades de Tivoli.*

OLIVIER (D'après Michel)

520.   42 — *Le Thé à l'anglaise chez le Prince de Conti.*

PANINI (Jean Paul)

171.   43 — *Ruines d'un Palais.*

PLASSAN (A. E.)

44 — *Bords de rivière.*
Signé à gauche.

PLASSAN (A. E.)

45 — *Etude de sous-bois.*
    Signé à gauche.

RAVESTEIN (Attribué à JEAN)

46 — *Jeune fille blonde en robe décolletée, avec col de dentelle.*   *1600.*

RIGAUD (École de)

47 — *Portrait d'un Magistrat.*

RIBERA (École de)

48 — *Vieillard lisant.*

ROMAIN (École de JULES)

49 — *Sujet d'histoire.*

RUBENS (École de)

50 — *Moïse sauvé des eaux.*

SAUVAGE (PIAT-JOSEPH)
(DEUX PENDANTS)

51 — *La Musique.*
52 — *L'Astronomie.*   } *500*
    Dessus de portes en grisailles.

SCHALL (Attribué à)

53 — *La Danse dans le parc.*   *200*

SOLIMÈNE (Attribué à)

54 — *La Nativité.*

TOCQUÉ (Attribué à Louis)

650.

55 — *Portrait d'Homme en habit marron brodé d'or.*

WATTEAU (Attribués à Antoine)
(DEUX PENDANTS)

4000·

M. X.....

56 — *Le Bal.*

57 — *Réunion dans un parc.*

WATTEAU (d'après)

58 — *Le Repos dans la campagne.*

WIT (JACQUES DE)

200

59 — *Jeux d'Amours.*
Dessus de porte en grisaille.

ZUCCARELLI (FRANÇOIS)
(DEUX PENDANTS)

60 — *Paysage d'Italie.*

61 — *Vue d'Italie.*

62 — Sous ce numéro, qui sera divisé, seront vendus des tableaux non catalogués.

ŒUVRES

DE

A. H. et J. ROBERTS

AQUARELLES

RORERTS (A.-H.)

63 — *Le Marché.*

Aquarelle gouachée.
Signée : *H. Roberts* et datée : *1860.*

ROBERTS (A.-H.)

64 — *Intérieur de ville.*

Aquarelle gouachée.

ROBERTS (James)

65 — *Scène de la Féodalité.*

Aquarelle datée : *Juillet 1870.*

ROBERTS (James)

66 — *La Nativité.*

D'après Murillo.
Aquarelle.

ROBERTS (James)

67 — *Vue de Valençay.*

> Aquarelle.
> Cadre en bois sculpté, du temps de Louis XIV.

ROBERTS (James)

68 — *Le Quai des Esclavons à Venise.*

> Aquarelle gouachée.
> Signée et datée : 1837.

ROBERTS (James)

69 — *Place publique en Suisse.*

> Aquarelle.

ROBERTS (James)

70-71 — *Vues du Palais de Cristal à Londres.*

> Quatre aquarelles réunies en deux cadres.

ROBERTS (James)

72 à 74 — *Vues des Environs de Paris.*

75 à 78 — *Vues de Londres.*

79 à 81 — *Vues d'Italie.*

82 à 85 — *Vues de Suisse.*

86 à 90 — *Vues de Villes.*

> Aquarelles.
> Ces numéros seront divisés.

ROBERTS

91 à 98 — *Scènes de genre.*

> Aquarelles.
> Ces numéros seront divisés.

TABLEAUX

ROBERTS (A.-H.)

99 — *Le Vin nouveau.*
Signé à droite.

ROBERTS (James)

100 — *Une Place publique en Suisse.*
Cadre ancien en bois sculpté.

ROBERTS

101 — *Études peintes.*
Ce numéro sera divisé.

DESSINS

NON ENCADRÉS

BIENNOURY — L. DUPRÉ — SOULÈS — PINELLI

102 — Études de figures. — Cathédrales de Chartres
et de Rouen. Dix dessins.

DROLLING (M.)

103 — Études de draperies, figures, armures, etc.
Douze dessins.

HAWKINS (H.) — ROBERTS

104 — Portraits et scènes de genre. Six aquarelles.

JOUVENET, VERDIER, RESTOUT (Attribué à)

105 — Études de figures et projets. 38 dessins. *Ce
numéro pourra être divisé.*

LANCRET (Attribué à)

106 — Personnage en pied. Au crayon noir, avec
rehauts de sanguine et de craie. Encadré.

107 — Études de Femmes. Trois dessins sous deux
cadres.

ROBERTS (C.-A. et A.-H.)

108 — Vues de Paris et croquis pris dans Paris, 30 aquarelles ou croquis.

109 — Sujets de genre et Paysages. 75 aquarelles et sépias.

110 — Vues et Paysages. 95 aquarelles et dessins.

111 — Vues et Paysages. Environ 100 aquarelles et dessins.

112 — Vues et Paysages divers. 118 aquarelles et dessins.

113 — Un album contenant 160 aquarelles, dessins et croquis pris à Bâle, Fribourg, Constance, Milan, Venise, etc. (1830-1836).

GRAVURES

BELLANGÉ (Hipp.)

114 — Uniforme de l'Armée Française, 13 planches.
Belles épreuves, *coloriées*.

DREVET (P.)

115 — Noailles (A.-M., duc de), d'après F. de Troy
(102). Belle épreuve. Encadrée.

DYCK (D'après Ant. Van)

116 — Marie-Louise de Tassis, par Vermeulen.
Épreuve encadrée.

ÉCOLE ANGLAISE (XVIIIe siècle)

117 — Portrait d'homme. Épreuve sans marge.
Encadrée.

ÉCOLE FRANÇAISE (XVIIIe siècle)

118 — Sujets divers, 10 pl. d'ap. Freudeberg, Lan-
cret. Watteau, etc. Manquent de conservation.)

EDELINCK (G.)

119 — Hozier (Ch. d'), d'apr. H. Rigaud (184). Belle
épreuve.

FRAGONARD (D'après H.)

120 — Le Baiser, par J. Marchand. Belle épreuve.
Encadrée.

GÉRARD (D'après Mlle)

121 — L'Élève intéressante, par Vidal. Très belle épreuve du 1er tirage, *impr. en couleurs*.

122 — L'Art d'aimer, par H. Gérard. Belle épreuve, *avant la lettre*.

GÉRICAULT-VERNET

123 — Chevaux. Vingt-cinq pièces.

HARLOW (D'après G.-W.)

124 — *The Proposal*, par H. Meyer. Belle épreuve. Encadrée.

HAYTER (Sir Georges)

125 — Sujets divers, études de figures, animaux, 32 dessins et 11 eaux-fortes ou lithographies.

HEILLMANN (D'après)

126 — Le Bon Exemple. — Mlle sa Sœur. Deux pl. par Chevillet, se faisant pendants. Épreuves *avant la lettre*, sans marges, épidermées. Encadrées.

JANINET (J.-F.)

127 — *Ha! le Joli petit chien*. — Le Petit Conseil (27 et 18. Deux pièces par Janinet, se faisant pendants. Belles épreuves, *imp. en couleurs*.

LAURENCE (D'après Th.)

128 — Nature, par Cousins, petite pl. Belle épreuve.
Encadrée.

MONNIER (H.). — GRANDVILLE

129 — Distraction. — Les Métamorphoses du Jour,
etc., 35 pl. *coloriées*.

MORIN (Jean)

130 — Philippe II, d'après Titien (71). Belle épreuve.

PIERRE (D'après J.-B.-M.)

131 — L'Enlèvement d'Europe, par Lempereur. Belle
épreuve.

PORTRAITS

132 — Portraits anciens. 14 pl., par Nanteuil, Drevet,
Vermeulen, Delff, etc.

REYNOLDS (D'après Sir Joshua)

133 — Elisabeth, comtesse de Derby, par J.-R.
Smith. Belle épreuve, sans marge. Encadrée.

134 — *Henry Earl of Pembroke and Montgomery*,
par J. Dixon. Belle épreuve. Encadrée.

135 — Portrait d'Homme, sans marge. Encadré.

SAINT-AUBIN (D'après A. de)

136 — Le Bal paré — Le Concert (402-403). Deux
pl. par A.-J. Duclos, se faisant pendants. Épreuves encadrées (cassures à une pl.).

TOCQUÉ (D'après L. Tocqué)

137 — P. Jeliote, par Cathelin. Épreuve encadrée.

VERNET (D'après C.)

138 — Le Départ — La Course. Deux pl. par Jazet, se faisant pendants.

VERNET-AUBRY

139 — Chasse (au cerf) du Duc de Berry — A Stage coach — Parisienne. Trois pièces (une sans marges).

WATTEAU (D'après Ant.)

140 — La Finette par B. Audran (83). Belle épreuve.

141 — L'Enseigne, par Aveline (95). Epreuve mal conservée. Encadrée.

142 — Pour nous prouver que cette belle.... par Surugue (177). Belle épreuve.

WHIRSKER (D'après)

143 — *Les Métamorphoses de Melpomène et de Thalie ou caractères dramatiques des Comédies françoise et italienne.* — Paris, les Campions, 1782. Frontispice, table et suite complète de 23 pl. à toutes marges.

DIVERS

144 — Sujets divers, vues, costumes, etc., 30 pl. anc. et modernes.

145 — Sous ce numéro il sera vendu 30 pièces encadrées.

146 — Sous ce numéro, il sera vendu environ 2,000 estampes et dessins.